I0548636

OCTAVE BAZE

LE

PORTE-DRAPEAU

Épisode de la Guerre 1870-1871

Pro Patriâ...

Prix : 0,50 centimes

AVIGNON

IMPRIMERIE ADMINISTRATIVE ET COMMERCIALE AMÉDÉE GROS

RUE SAINT-DOMINIQUE, 18

—

1880

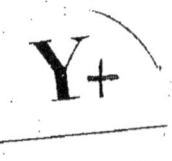

OCTAVE BAZE

LE

PORTE-DRAPEAU

Épisode de la Guerre 1870-1871

Pro Patrià...

Prix : 0,50 centimes

AVIGNON

IMPRIMERIE ADMINISTRATIVE ET COMMERCIALE AMÉDÉE GROS

RUE SAINT-DOMINIQUE, 18

—

1880

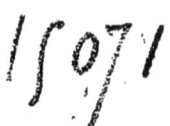

Y

A MA MÈRE

Ma mère, laisse-moi t'offrir ces quelques vers...
Je suis bien jeune encore et j'ignore le monde ;
Pour moi le ciel est bleu ; mais, si l'orage gronde,
Pourrai-je lutter seul contre les flots pervers ?

Je serai le travail, tu seras l'espérance ;
Dans les moments d'ennui, mère, sois mon soutien ;
Près de toi, dans tes bras, je ne craindrai plus rien,
Car tu connais la vie à travers la souffrance.

A deux nous pourrons mieux affronter les revers ;
Aussi tu vois, sans peur, je quitte le rivage,
Mais avant de partir, qu'un baiser m'encourage...
Ma mère, laisse-moi t'offrir ces quelques vers.

O. B.

LE

PORTE - DRAPEAU

Pro Patriâ...

I

SEDAN

Ce jour là le soleil s'était levé plus sombre ;
On eût dit que le ciel voulut laisser dans l'ombre
Tous ces corps mutilés, héroïques débris
De régiments entiers que la mort avait pris...
Ils étaient là couchés dans le sang, dans la fange,
Et ces braves semblaient attendre qu'on les venge.
Autour d'eux, les hauteurs de Sedan, de Mouzon
Qui font de cette plaine une immense prison ;

Donchery dans le fond ; au loin tous ces villages
Témoins de tant de morts et de tant de courages,
Hameaux dont chaque nom rappelle vingt combats,
Où chaque tumulus est tombeau de soldats.

C'est la veille au matin que s'ouvrit la bataille,
A la voix du canon, au bruit de la mitraille.
Nos valeureux soldats voulaient en un instant,
Réparer leurs revers, repousser l'Allemand.
S'élançant à l'assaut, héroïques, sublimes,
Ils ne cèdent qu'au nombre et tombent en victimes,
Quelques-uns cependant résistent et, le soir,
Animés du courage ardent du désespoir,
Ils prennent dans le sac leurs dernières cartouches,
Et chargent l'ennemi ; la menace est aux bouches,
Le canon fauche en vain les rangs de ces soldats
Qui vont, la tête haute, affronter le trépas ;
Bientôt la poudre manque ; on sort les baïonnettes
Et des reflets d'acier scintillent sur ces têtes !
Tour à tour les Prussiens, les Français sont vainqueurs,
Tantôt l'aigle royal, tantôt les trois couleurs
Dominent le plateau de Sedan ; la victoire
Reste enfin aux Français ; ce succès provisoire
Ranime les mourants et guérit les blessés,

La vigueur reparaît dans ces corps harassés.
Mais la nuit est venue, et déjà les ténèbres
Recouvrent tout le champ de leurs ombres funèbres.
Prêts à tout, nos soldats attendent le matin ;
Ils écoutent sans peur le tambour, le tocsin,
Qui semblent leur crier que, du jour qui s'avance,
Dépendra le salut ou le deuil de la France.

Le soleil avait peine à percer les brouillards,
Ses rayons tamisés, n'arrivant que blafards,
Ne pouvaient réchauffer ce sol sanglant, humide,
Où reposent des morts à la face livide,
Le fusil brille encore entre leurs doigts crispés,
Et l'on dirait qu'ils vont se lever pour frapper !
Quelquefois on entend s'élever une plainte,
C'est un mourant en proie à la suprême étreinte...
Mais, on n'a pas le temps de penser aux blessés,
Car tous les forts déjà de canons hérissés
Commencent à vomir la mitraille mortelle
Et de tous les côtés, l'horizon étincelle,
Le feu croise le feu, le fer croise le fer,
On dirait un combat de démons en enfer.
Nos soldats vaillamment soutiennent cette attaque
Bien que contrariés par le nuage opaque,

Qui, suffocant, s'élève au dessus du vallon
Et gêne la manœuvre et le tir du canon.
A cette ardeur soudain succède le silence,
Est-ce une ruse ? Non, car l'ennemi s'avance,
On voit de tout côté de nouveaux régiments
Déboucher dans la plaine, et tous ces Allemands
Se sentant dix contre un, fiers de cet avantage,
Insultent ces Français qui n'ont que leur courage.
Nos généraux pourtant ne perdent pas l'espoir ;
Vaincre, ils ne le pouvaient, c'était facile à voir ;
Il fallait se défendre et faire une retraite
Qui sans être un succès, ne fut point la défaite ;
Les Français aussitôt s'enferment dans Sedan
Occupent les remparts, y transportent leur camp ;
L'Empereur est aussi dans les murs, et la France
Aux soldats de Sedan remet son existence !

II

LE BLESSÉ

Le major présidait au transport des blessés ;
Il marchait au milieu de ces corps entassés,
Cherchant s'il en était qui respiraient encore.
« Major... major, de l'eau... la fièvre me dévore...
J'ai la poitrine en feu... Donnez-moi donc de l'eau.
Je meurs... c'est moi qui suis votre porte-drapeau.
Il me l'a pris, ce lâche et, sans cette blessure...
Oh ! non, je souffre trop,.. major je vous conjure,
Un peu d'eau, s'il vous plaît ; voyez, je vais mourir,
Laissez-moi donc au moins m'en aller sans souffrir. »
Le major humecta cette bouche brûlante.
« Docteur encore un peu, cette eau m'est bienfaisante. »
— Mon ami, c'est assez, vous en aurez plus tard...
Attendez, je vais faire apporter un brancard...
— Major, je voudrais bien...
                                    — Allons, voyons, silence !...
Emmenez-le, soldats, tout droit à l'ambulance.

On s'y prit doucement pour lever ce blessé,
Il avait une balle au front, un bras cassé,
La jambe avait reçu deux coups de baïonnette,
Il fallut qu'on le prit par les pieds, par la tête,
Et malgré tous ces soins, à chaque mouvement,
On l'entendait pousser un sourd gémissement.
Les soldats l'entouraient d'un respect bien sincère ;
C'est que ce n'était pas un soldat ordinaire.
Il avait obtenu de porter le drapeau
Et ce nouvel honneur lui valait un tombeau.
Chacun se découvrait devant cette civière,
Ses compagnons marchaient tristement par derrière.
D'autres, les poings serrés, la suivaient du regard,
Car la France venait de perdre un étendard.
L'ambulance était loin et la route pénible ;
On plaignait ce héros ; il semblait impossible
Qu'il put vivre longtemps ; pour rendre son drapeau
Il fallait qu'il tombât mourant sous son bourreau ;
On connaissait trop bien son courage, et, sans doute,
Il avait répandu tout son sang goutte à goutte.

Une heure après, sans souffle et presque évanoui,
Il était étendu, le visage blêmi,
Deux sillons d'un sang noir partant de la moustache
Venaient sur l'oreiller faire une large tache.

Et sa tête sortait effrayante des draps
Sur lesquels s'allongeaient languissants ses deux bras.
Le major attentif réparait les fractures,
Appliquait la charpie et sondait les blessures ;
On aurait cru vraiment qu'il opérait un mort,
Sans les spasmes nerveux qui secouaient ce corps,
Contractaient son visage en un rictus horrible
Qui supposait dans l'être une douleur terrible,
Quand parfois le docteur, en dirigeant les fers
Au fond d'une blessure avait froissé des nerfs.

Enfin, il s'éveilla comme sortant d'un rêve ;
Des sœurs portant au bras une croix de Genève,
Tournaient autour du lit, apportaient des calmants,
Jamais mère ne sût soigner mieux ses enfants.
Il souffrait un peu moins, mais hélas ! son martyre
Ne devait pas cesser de sitôt... le délire
Succédait à la fièvre, on aurait dit vraiment,
Que la mort ne pouvait triompher du mourant ;
Son haleine sifflait en sortant de sa gorge,
Semblable au bruit rhythmé d'un vieux soufflet de forge,
Sa douleur s'exhalait en un immense cri...
Et mieux valait mourir que de souffrir ainsi !
Il retombait parfois, haletant sur sa couche,
Des paroles sans suite expiraient sur sa bouche,

Et tous ses compagnons écoutaient en pleurant
Ces mots interrompus par des hoquets de sang.
« Ces lâches... ils étaient au moins une dizaine,
Sabre au poing, — devant eux marchait un capitaine...
Oui, je le vois encore, il était à cent pas,
Immobile, — à cheval, l'arme le long du bras,
Tous me guettaient de l'œil et gardaient le silence ;
Moi, je me retirais, lentement, par prudence,
J'étais seul ; mes amis étaient allés plus loin
Reconnaître le sol... Je me mets dans un coin
Afin de faire face... Ah ! mon Dieu, je délire,
Quel affreux cauchemar, ma peur me fait sourire...
Que diable ai-je rêvé, j'ai perdu la raison,
Je suis tranquillement chez moi, dans ma maison ;
Eh ! oui, j'entends en bas ma mère qui travaille,
Tiens, si je l'appelais à travers la muraille...
Bonjour mère, bonjour ; déjà ta lampe luit ?...
J'ai rêvé qu'on m'avait égorgé cette nuit.
Où donc étais-je hier... ah ! oui, je me rappelle,
Il prit un pistolet dans le fond de sa selle,
Il fit feu... J'aperçus l'étincelle jaillir,
Je me sentis touché, tout prêt à défaillir ;
Aussitôt je portai mes deux mains à la tête,
Et sans perdre de temps, à lutter je m'apprête.

S'il avait été seul, ça n'eût pas été long...
A mon tour je l'étends raide, de tout son long.
Je sentis tout à coup le froid de l'arme blanche...
Un coup de baïonnette avait frappé la hanche...
J'enroulai le drapeau, j'appelais au secours,
Mais personne ne vînt m'arracher aux vautours ;
J'en visai quelques-uns, j'en tuai trois ou quatre,
Mais perdant tout mon sang, je ne pouvais combattre...
Le drapeau vous restait !... Mais vous ne l'auriez pas,
Si vous n'eussiez tranché cette main, scélérats ! »

Ses yeux dardaient des feux, et sa bouche écumante,
A tous ses compagnons inspirait l'épouvante.
Hélas ! pour le calmer, on lui parlait en vain,
Et la fièvre semblait rebelle au médecin.

« Ils m'ont coupé le bras... Voyez cette blessure
Qu'ils m'ont faite au jarret, cette autre à la figure...
Je tombais sur le sol... eh bien ! malgré cela,
Ils n'ont pas le drapeau... le drapeau, le voilà !... »

Un éclair de bonheur brilla sur son visage,
Il glissa doucement la main sous son bandage,

En sortit un chiffon aux couleurs du pays...
Il était noir de poudre, et pourtant dans ses plis,
Deux ou trois mots dorés se distinguaient encore,
Rappelant les succès du drapeau tricolore.

« Voyez, ils n'ont pas pu le voler en entier,
En me sentant blessé, j'en ai pris la moitié...
— Avant qu'entre vos mains, cette moitié ne tombe,
Prussiens, il vous faudra profaner une tombe !

III

LE DRAPEAU

Deux hommes traversaient en portant un brancard.
Celui qu'ils amenaient était un grand hussard ;
Il annonça tout haut qu'on bombardait la ville,
Qu'on espérait encore un peu dans la *mobile*
Qui devait arriver sur le soir, disait-on,
Pour dégager Sédan et joindre Mac-Mahon...
Les blessés l'écoutaient sans perdre une parole,
On eut dit des païens autour de leur idole...
« En outre, ajouta-t-il, vous savez... ce drapeau
Qu'on nous avait pris hier... nous l'avons de nouveau.
Nos dragons l'ont repris ce matin par surprise,
Et sont allés le mettre à l'abri, dans l'église...
— Ce drapeau tout sanglant inspirait la pitié,
Les Prussiens en avaient arraché la moitié !... »

Soudain, on voit du lit s'élancer un malade ;
Non sans peine on l'arrête, on parle, on persuade !..

« De grâce, laissez-moi m'en aller, mes amis,
Je n'ai plus rien du tout, rien du tout, je vous dis...
Voyons... c'est mon drapeau... laissez-moi le défendre.
Vous avez donc bien peur que je le laisse prendre?
Dans un instant, à l'œuvre, on pourra me juger,
Mon drapeau... mon drapeau... laissez-moi le venger !...
Il ne pouvait sortir vainqueur de cette lutte,
On le remit au lit sans perdre une minute.
La fièvre avait doublé, pourtant notre héros
Parvint dans le sommeil à trouver du repos.

Le soir, il s'éveilla pour demander à boire
Il regarda dehors, — la nuit était très noire :
Les forts étaient muets ; on n'entendait plus rien
Ni le canon français, ni l'obusier prussien.

« Mais qu'est-ce donc, ma sœur, et pourquoi ce silence ?
— Ah ! mon pauvre soldat, c'en est fait de la France !
L'Empereur aux Prussiens vient de livrer Sedan,
L'ennemi dans les murs doit entrer à l'instant.
— Ils ont capitulé ?.. Pour nous, quelle défaite ;
Nous n'avons plus un fort, plus une baïonnette,
La France sans défense est livrée au bourreau.
Au fait, ma sœur, j'y pense, — eh bien, et mon drapeau ?..

Ils ont dû le cacher dans quelque coin de terre,
A l'abri des vainqueurs,.. voyons, pourquoi vous taire ?
— Ils l'ont rendu...

       — Comment? ils l'ont... ils l'ont rendu !...
Et moi qui vais mourir pour l'avoir défendu...
Ils n'avaient pas de sang de Français dans les veines.
Généraux et soldats, officiers, capitaines,
Tous, n'auraient-ils pas dû, dans un suprême assaut,
Montrer qu'on peut, qu'on doit mourir quand il le faut.
Mais je ne serai pas prisonnier... je succombe...
A pareil déshonneur, je préfère la tombe.
Dès que je serai mort... vous savez... mon drapeau...
Regardez... le voilà... voyez comme il est beau !...
Eh bien !... vous le mettrez déplié sur ma tête...
Puis vous m'enterrerez bien profond... en cachette...
— Reste avec moi, drapeau, peut-être en me suivant,
Seras-tu moins facile à prendre qu'à Sedan... »

Ce fut son dernier mot, cependant son haleine
Soulevait par instant et comme avec grand peine
Sa poitrine essoufflée. Au loin on entendait,
Monter, pareil au bruit du vent dans la forêt,
Un murmure confus où l'appel des vedettes
Se mêlait bruyamment aux accents des trompettes.

— Tout à coup la musique entama l'air royal,
Les Prussiens devaient être auprès de l'hôpital...
Le blessé put encore se dresser sur sa couche...
... Les mots ne pouvaient plus arriver à sa bouche...
Il leva son drapeau d'un geste radieux,
Un éclair — le dernier — illumina ses yeux.
Il retomba sans vie, et — là bas — la musique
Paraissait faire honneur à ce mort héroïque.

. . . .

. . . . , ...

. . . .

— Lecteur, si vous passez un jour par Donchery,
Vous verrez sur la route, un sentier tout fleuri.
Puis, au fond d'un berceau, sur une blanche pierre,
Vous pourrez découvrir, en écartant le lierre,
Ces deux mots que le temps n'a pas voulu flétrir :
« Soldat, il sut lutter ; Français, il sut mourir.

O. BAZE

La Croizette, août 1880.

www.ingramcontent.com/pod-product-compliance
Lightning Source LLC
Chambersburg PA
CBHW061518170626
46811CB00004B/1759